엄마는
페미니스트

Dear Ijeawele,
or a Feminist
Manifesto
in Fifteen
Suggestions

치마만다 응고지 아디치에
황가한 옮김

엄마는 페미니스트

Dear Ijeawele, or a Feminist
Manifesto in Fifteen Suggestions

아이를 페미니스트로 키우는
열다섯 가지 방법

우주 에고누에게.
그리고 우리 막내 여동생
오게추쿠 이케멜루에게.
사랑을 가득 담아서.

차례

두어 해 전 소꿉친구 한 명이 — 지금은 똑똑하고 강인하고 다정한 여성으로 자란 — 자신의 딸을 페미니스트로 키우려면 어떻게 해야 하냐고 물었을 때 처음 든 생각은 모르겠다는 것이었다.

나에겐 너무 벅찬 일이라고 느꼈다.

하지만 나는 페미니즘에 관해 여러 차례 발언해 왔고 아마도 그래서 그녀가 나를 그 문제의 전문가로 생각하게 되었을 터였다. 게다가 나는 옛날부터 가까운 이들의 아기를 돌본 경험이 많았다. 보모로 일한 적도 있었고 조카들을 돌봐 주기도 했기 때문이다. 그러면서 관찰이나 경청도 많이 했고 생각은 그보다 더 많이 했다.

친구의 요청에 대한 대답으로, 나는 그녀에게 편지를 쓰기로 결심했다. 그리고 그 편지가 솔직하고 현실적인 동시에 페미니스트로서 나 자신의 사고를 보여 주는 일종의 도해가 되길 바랐다. 이 책은 그 편지의 몇몇 부분을 약간 수정한 것이다.

이제는 나 또한 사랑스러운 한 딸아이의 엄마이기에, 육아라는 엄청나게 복잡한 현실에 직면해 있지 않은 사람이 그에 대한 충고를 하는 것이 얼마나 쉬운 일인지 알고 있다.

그럼에도 나는 기존 방식과는 다른 육아법, 남녀 모두에게 더욱 평등한 세상을 만들기 위한 노력에 대해 솔직하게 대화하는 것이 도덕적으로 시급한 문제라고 생각한다. 친구는 편지를 읽고 나서 내 제안을 따르도록 '노력'해 보겠다는 답장을 보내왔다.

엄마가 되고 나서 이 제안들을 다시 읽어 보니 나 또한 노력해야겠다는 결심이 선다.

이제아 웰레에게

이렇게 기쁠 수가. 이름은 또 어찌나 예쁜지.
치잘룸 아다오라. 정말 사랑스러운 아기야.
태어난 지 일주일밖에 안 됐는데 벌써 세상을 향한
호기심으로 가득 차 보여. 한 생명을 이 세상에
태어나게 하다니, 넌 정말 대단한 일을 한 거야.
"축하해."라는 말로는 부족해.

네 편지를 읽으니까 눈물이 나더라. 내가 가끔씩
바보처럼 감정이 북받치는 거 너도 알잖아.
내가 네 사명 ― 치잘룸을 페미니스트로 키우는
것 ― 을 아주 진지하게 생각한다는 것만 알아 줘.
그리고 페미니즘적인 관점에서 봤을 때 각각의
상황에 대한 올바른 대응이 뭔지 확신이 안 설
때가 있다는 네 말이 무슨 뜻인지도 이해해. 내가
생각하는 페미니즘은 언제나 맥락과 관계가 있어.
절대 불변의 법칙 같은 건 없지. 그나마 공식에
가장 가까운 것은 '페미니즘 도구' 두 개뿐이니까
이것이 너에게도 시작점이 되었으면 해.

그 첫 번째는 네 전제, 즉 너의 출발점이 되는 견고하고 확고부동한 믿음이야. 네 전제는 뭐니? 너의 페미니즘적인 전제는 이것이어야 해. 나는 중요하다. 나도 똑같이 중요하다. '~하다면 중요하다.'도 아니고, '~하는 한 중요하다.'도 아니야. 나도 똑같이 중요하다, 그것으로 끝. 다른 수사 여구는 필요 없어.

두 번째 도구는 이 질문이야. ○○를 반대로
뒤집어도 똑같은 결과가 나오는가?
예를 들어 볼게. 많은 사람들은 남편의 외도에
대한 페미니스트적인 대응은 헤어지는 것이라고
믿어. 하지만 나는 상황에 따라서는 용서하는
것도 페미니스트적인 선택이 될 수 있다고 생각해.
추디가 다른 여자와 잤는데 네가 용서한다고
치자. 네가 다른 남자와 잔 경우에도 같은 결과가
나올까? 대답이 '그렇다.'라면 네가 추디를
용서하기로 하는 것은 페미니스트적인 선택일 수
있어. 왜냐하면 성 불평등의 영향을 받지 않았기
때문이야. 유감스럽게도 현실에서는 대부분
대답이 '아니다.'일 때가 많을 것이고
그 이유는 성차(性差)겠지. 바로 "남자들이
다 그렇지 뭐."라는 말도 안 되는 생각. 그건
남자들에게 적용하는 도덕적 기준이
훨씬 낮다는 뜻이야.

치잘룸을 키우는 방법에 대해 몇 가지 제안을
하고 싶어. 하지만 네가 내 제안을 모두 따른다고
해도 치잘룸이 네 바람과는 다르게 자랄 수
있다는 점 잊지 마. 산다는 게 항상 뜻대로 되지는
않잖니. 중요한 건 네가 노력한다는 거야.
그리고 항상 네 직감을 무엇보다도 우선적으로
믿어. 아이에 대한 사랑이 너의 길잡이가
되어 줄 테니까.

내 제안은 이래.

첫 번째
제안

충만한 사람이 될 것.

엄마가 된다는 것은 너무나 멋진 선물이지만 엄마라는 말로만 자신을 정의해서는 안 돼. 충만한 사람이 되도록 해. 그게 네 아이에게도 이로울 거야. 미국의 선구자적 언론인 말린 샌더스—베트남전 당시 현지에서 보도한 최초의 여기자이자 한 아들의 어머니이기도 한—는 후배 언론인에게 이런 말을 했어. "일하는 엄마라는 것에 대해 사과하지 마. 너는 네 일을 사랑하고, 네가 하는 일을 사랑하는 것은 네 아이에게도 굉장한 선물이야."

나는 이 말이 정말 현명하면서도 감동적이라고 생각해. 네가 네 직업을 사랑할 필요도 없어. 네 직업이 너에게 주는 것만 사랑하면 돼. 일하기와 돈 벌기에서 오는 자신감과 충족감 말이야.

네 시누이가 너는 집에 있는 '전통적인' 엄마가 되어야 한다고, 맞벌이하지 않아도 될 만큼 추디가 벌지 않냐고 한다는 얘기는 놀랍지도 않아.

사람들은 뭐든 자기가 원하는 것을 정당화하고 싶을 때 선택적으로 '전통'이라는 말을 사용하곤 하지. 시누이한테 맞벌이야말로 진정한 이보족의 전통이라고, 영국 식민지가 되기 이전에는 엄마들이 농사도 짓고 장사도 했을 뿐만 아니라 이보랜드[1] 일부 지역에서는 오직 여자만이 장사를 했었다고 말해 줘. 독서가 그렇게 낯선 일이 아니라면 네 시누이도 이

---

1 이보족이 토착민인 나이지리아 남동부 지역.

사실을 알 거야. 그래, 방금 그 독설은 너 기운 내라고 한 말이었어. 짜증 난다는 거 알아.(당연히 그렇겠지.) 하지만 무시하는 게 최선이야. 네가 뭘 해야 하는지에 대해 다들 돌아가면서 한마디씩 하려고 하겠지만 중요한 건 너 스스로가 뭘 원하는가이지 남들이 네가 뭘 원하길 바라느냐가 아니야. 엄마 노릇과 직장 생활이 공존할 수 없다는 생각은 거부해.

너희 엄마랑 우리 엄마도 우리가 어렸을 때 풀타임으로 일하셨지만 우리는 잘 자랐잖니. 적어도 너는 잘 자랐지. 나는 아직 더 두고 봐야겠지만.

출산 후 처음 몇 주 동안은 자신에게 너그러워지도록 해. 사람들에게 도움을 청해. 도움을 준다고 하면 받고. 슈퍼우먼이란 건 존재하지 않아. 부모 역할을 하는 것, 즉 육아는 연습과 사랑의 문제야.[하지만 나는 부모라는 단어가 동사(parent: 부모 역할을 하다)로 변하지 않았더라면 더 좋았을 거라고 생각해. 그것이 중산층의 육아를 죄책감으로 가득한 불안하고 끝없는 여행으로 만든 현상의 시발점이라고 생각하거든.]

실패해도 괜찮다는 생각을 가져. 초보 엄마가 반드시 우는 아기 달래는 법을 알아야 하는 건 아니야. 네가 모든 걸 알아야 한다고 생각하지 마. 책을 읽고, 인터넷을 찾아보고, 다른 부모들한테 물어보고, 아니면 그냥 시행착오를 통해 배워. 하지만 무엇보다도 충만한 사람으로 남는 것에 더 신경 써. 자신을 위한 시간을 가져. 너의 기본적인 욕구들을 채우도록 해.

그리고 그걸 '만능'이라고 생각하지 마. 우리 문화에서는 '만능'인 여자들을 칭송하지만 그 칭찬의 전제에 대해서는 의문을 갖지 않아. 나는 '만능' 여성에 대한 논쟁에는 관심이 없어. 왜냐하면 그것은 육아와 가사를 여자만의 영역으로 간주하는 논쟁이기 때문이야. 난 거기에 절대로 반대해. 가사와 육아는 성 중립적이어야 하고, 우리는 여자가 '만능'인지 아닌지가 아니라 바깥일과 집안일을 병행하는 부모들을 지원하는 최선의 방법이 무엇인가를 물어야 해.

두 번째
제안

같이할 것.

초등학교 때 동사는 '행위'를 나타내는 단어라고 배웠던 거 기억나? 그러니까, '아빠 역할을 하다.'는 '엄마 역할을 하다.'와 마찬가지로 동사야. 추디는 생물학적으로 가능한 모든 것, 즉 수유를 제외한 모든 것을 해야 해. 때때로 엄마들은, 모든 것이 되어야 하고 모든 것을 해야 한다고 배운 탓에, 아빠들의 역할을 축소하는 데 기여하고 있어. 너는 추디가 정확히 네가 원하는 대로 아기를 씻기지 않을 거라고, 너만큼 완벽하게 아기의 엉덩이를 닦지 않을 거라고 생각할지도 몰라. 하지만 그러면 어떠니? 최악의 경우엔들 무슨 일이 일어나겠어? 애가 아빠 손에 죽지는 않을 거야. 정말로. 추디가 딸을 사랑하니까. 아빠가 돌보는 것이 애한테도 좋아. 그러니까 모른 척하고, 너의 완벽주의를 꾹 누르고, 사회적으로 학습된 의무감을 진정시켜. 육아를 동등하게 분담해. '동등하게'가 무얼 의미하는가는 물론 너희 두 사람에게 달렸어. 서로가 상대방이 무엇을 원하는지 똑같이 주의를 기울이면서 맞춰 나가야 할 거야. 말 그대로 50 대 50으로 나눈다든가, 매일 점수를 기록해야 한다는 뜻은 아니야. 만약 육아를 동등하게 분담했다면 저절로 알 수 있을 거야. 네가 화가 나지 않을 테니까. 진정한 평등이 있는 곳에는 분노가 존재하지 않아.

그리고 '도움'이라는 표현은 거부해. 추디가 자기 아이를 돌보는 건 네 일을 '돕는' 것이 아니야. 당연히 해야 할 일을 하는 거지. 아빠들이 '돕고 있다.'고 표현하면 육아는 엄마의 영역이고 아빠는 거기에 용감하게 뛰어드는 거라고 암시하는 것과 같아. 하지만 그건 사실이 아니잖아. 어린 시절에 아빠와 좀 더 많은 시간을 보내기만 했어도 오늘날 얼마나 더 많

은 사람들이 더 행복하고 더 분별 있고 더 나은, 사회의 기여자가 됐을지 상상이 가니? 그리고 추디가 아이를 '봐 준다.'는 말은 절대 하지 마. 아이를 봐 주는 사람은 그 아이의 주된 보호자가 아닌 사람이니까.

추디는 어떤 특별한 감사나 칭찬을 받을 이유가 없어. 너도 마찬가지고. 너희 둘이 함께 아이를 낳겠다고 선택한 거니까 그 아이에 대한 책임은 너희 둘에게 똑같이 있어. 만약에 네가 싱글맘이라면, 상황에 의해서든 선택에 의해서든 간에, 달라지겠지. 그때는 '같이하기'를 선택할 수 없을 테니까. 하지만 네가 정말로 독신이 아닌 이상 혼자 아이를 키워서는 안 돼.

내 친구 느와부가 나한테 이런 말을 한 적이 있어. 애들이 어렸을 때 아내가 떠나 버리는 바람에 자기가 '미스터 엄마'가 되었다고. 말인즉슨 매일 아이들을 돌봤다는 뜻이지. 하지만 느와부는 '미스터 엄마'였던 게 아니라 그냥 아빠였던 것뿐이야.

세 번째
제안

'성 역할'은 완벽한 헛소리라고 가르칠 것.

'너는 여자니까.' 뭔가를 해야 한다거나 해선 안 된다는 말은 절대로 하지 마.

'너는 여자니까.'는 그 무엇에 대한 이유도 될 수 없어. 절대로.

어렸을 때 "비질을 할 때는 여자답게 허리를 제대로 숙이고 해라."라는 말을 들었던 게 기억나. 비질은 여자들의 일이라는 뜻이었지. "비질을 할 때는 허리를 제대로 숙여야 바닥을 더 깨끗하게 쓸 수 있단다."라는 말을 들었더라면 더 좋았을 거라고 생각해. 오빠들도 똑같은 말을 들었더라면 좋았을 테고.

최근 나이지리아 SNS에서 여자와 요리에 관한 논쟁이 있었어. 아내는 남편을 위해 요리해야 한다는 내용이었지. 우스웠어. 우스워서 쓴웃음이 나왔지. 아직도 요리를 여자의 결혼 자격 테스트 정도로 여긴다는 사실이 말이야.

요리에 관한 지식은 태어날 때부터 질 안에 장착되어 있는 게 아니야. 요리는 배우는 것이지. 요리뿐만 아니라 일반적인 집안일은 원칙적으로 남녀 모두가 알아야 하는 생활 기술이야. 또한 남녀 모두가 습득하지 못할 수도 있는 기술이기도 하지.

결혼을 여자에게 주어지는 상으로 보는 시각에도 의문을 품어야 해. 왜냐하면 그것이 이 말도 안 되는 논쟁의 바탕이니까. 여자가 결혼을 상으로 여기도록 세뇌하는 것을 그만둔다면 아내가 그 상을 받기 위해 요리를 해야 한다는 식의 논쟁도 줄어들 거야.

나는 세상이 얼마나 어렸을 때부터 아이에게 성 역할을 강요하는가가 흥미롭다고 생각해. 어제 치잘룸에게 옷을 사주려고 아동용품점에 갔었어. 여아 코너에는 물 빠진 것처럼 옅은 분홍색 옷밖에 없더라. 마음에 들지 않았지. 남아 코너에는 선명한 파란색 옷들이 있더라고. 파란색이 치잘룸의 갈색 피부에 잘 어울릴 거라고—사진도 더 잘 받을 테고—생각해서 하나를 골랐어. 계산을 하는데 점원이 남자 아기에게 완벽한 선물이라고 하는 거야. 그래서 나는 여자애를 위한 선물이라고 말했지. 그러자 여직원이 겁에 질린 얼굴로 이렇게 대꾸하더라. "여자아이한테 파란색을요?"

나는 이 분홍-파랑 이분법을 만든 마케팅 담당자의 영리함에 대해 생각하지 않을 수 없었어. 그곳에는 '성 중립' 코너도 있었는데 맛기 없는 다양한 회색으로 가득하더라. '성 중립'은 바보 같아. 남자는 파랑, 여자는 분홍, '성 중립'은 별도의 범주라는 생각을 전제로 하고 있잖아. 왜 아기 옷을 그냥 나이로만 구분하고 모든 색깔로 만들지 않지? 어차피 아기 때는 남자나 여자나 체형이 비슷한데 말이야.

장난감 코너를 봤더니 그곳도 성별에 따라 분류돼 있었어. 남자애들을 위한 장난감은 대부분 활동적이고 뭔가 움직임을 필요로 하는 것—기차, 자동차—인 반면, 여자애들을

위한 장난감은 대부분 소극적인 것이었고 인형이 압도적으로 많았지. 나는 충격을 받았어. 그 전까지는 우리 문화가 얼마나 일찍부터 남자애는 어때야 하고 여자애는 어때야 한다는 생각을 심어 주기 시작하는지 깨닫지 못했었기 때문이었지.

장난감들이 성별보다는 종류에 따라 나뉘어 있는 편이 더 좋았을 거란 생각을 했어.

내가 일곱 살짜리 나이지리아 여자애랑 그 애 엄마와 함께 미국 쇼핑몰에 갔던 얘기 했니? 아이가 무선 리모컨으로 조종하는 장난감 헬리콥터를 보더니 한눈에 반해서 엄마한테 사 달라고 했어. "안 돼." 엄마가 말했어. "넌 인형 있잖아." 그러자 아이가 대꾸했어. "엄마, 나는 평생 인형만 갖고 놀아야 돼?"

나는 그 일을 잊지 못해. 엄마야 물론 좋은 뜻으로 그런 거지. 성 역할의 개념을 잘 알기 때문에 그런 거니까. 여자애는 인형을 갖고 놀아야 되고, 남자애는 헬리콥터를 갖고 놀아야 된다는. 지금 돌이켜 보면, 만약 그 여자애한테 헬리콥터를 갖고 놀 기회가 있었다면 자라서 혁신적인 엔지니어가 되지는 않았을까 하는 아쉬움이 들어.

아이들한테 성 역할이라는 구속복을 입히지 않는 것은 아이들의 잠재력을 최대한 펼칠 수 있는 공간을 주는 것과 같아. 치잘룸을 한 사람의 개인으로 봐 줘. 어떠어떠해야 하는 여자애로 보지 말고. 한 개인으로서 그 아이의 장점과 단점을

봐 줘. 여자애는 어때야 한다는 잣대로 재지 말고. 그 아이가
가장 잘했을 때를 기준으로 재어 줘.

전에 어떤 젊은 나이지리아 여자가 나한테 이렇게 말
한 적이 있어. 자기는 오랫동안 '남자애처럼' 행동했었는
데 — 축구를 좋아하고 치마를 싫어했는데 — 엄마의 강요 때
문에 '남자 같은' 관심사를 버리게 됐다고. 지금은 여자애처
럼 굴게끔 도와준 엄마한테 감사한다고 했어. 나는 그 이야기
가 슬펐어. 그녀가 자신의 어떤 부분을 침묵시키고 억눌러야
했을까 궁금했고, 그녀의 정신이 잃은 것이 무엇일까 궁금했
어. 그녀가 '남자애처럼 행동했다.'고 표현한 것은 단지 그녀
자신처럼 행동한 것이었을 뿐이었으니까.

태평양 북서쪽에 사는 미국인인 또 다른 지인은 이런 얘
기를 했어. 그녀가 한 살배기 아들을 데리고 (엄마들이 아기를
데려와서 같이 노는) 놀이방에 갔을 때 딸 가진 엄마들이 계속
"만지지 마."나 "그러지 말고 얌전히 있어."라고 하면서 굉장
히 아이를 제지한다는 것을 알아차렸대. 반면에 아들 가진 엄
마들은 좀 더 돌아다니라고 부추기고, 딸만큼 제지하지도 않
고, "얌전히 있어."라는 말은 거의 하지 않는다는 것도 알아
차렸지. 그녀의 이론에 따르면 부모들은 무의식적으로 딸이
아주 어렸을 때부터 어떤 식으로 행동하라고 가르치기 시작
하고, 여자아이한테는 자유보다 제약을 더 많이 주는 반면 남
자아이한테는 제약보다 자유를 더 많이 준다는 거야.

성 역할은 우리 안에 너무 깊이 박혀 있어서 우리의 진정

한 욕망, 욕구, 행복에 어긋날 때조차도 그대로 따르는 경우가 많아. 한번 배우면 떨쳐 내기 어려우니까, 치잘룸이 처음부터 거부하게끔 만드는 것이 아주 중요해. 치잘룸이 성 역할이라는 개념을 내면화하도록 놔두지 말고 독립성을 가르쳐. 스스로 자기 앞가림을 할 줄 아는 것이 중요하다고 말해 줘. 어떤 물건이 고장 났을 때 아이가 직접 고쳐 보게 시켜. 우리는 여자애들이 많은 것을 할 수 없다고 단정해 버리곤 하지. 치잘룸이 시도하게 해. 완벽하게 성공하지 못할지도 모르지만 그래도 시도해 보게 해. 블록이나 기차 같은 장난감을 사줘. 그리고 인형도 사 줘, 네가 원한다면.

네 번째
제안

'유사 페미니즘'의
위험성에 주의할 것.

그것은 조건부적인 여성 평등을 주장하는 사상이야. 전적으로 거부하도록 해. 그것은 공허하고, 유화적이고, 결핍된 생각이니까. 페미니스트가 된다는 것은 임신하는 것과 같아. '그렇거나 아니거나'이지, 중간은 없어. 남녀 완전 평등을 믿거나 믿지 않거나, 그뿐이야.

유사 페미니즘은 "남자는 머리이고 여자는 목이다." 또는 "운전은 남자가 하지만 앞좌석에 앉는 사람은 여자다." 같은 비유를 사용해. 더욱 문제가 되는 건, 남자가 선천적으로 여자보다 우월하지만 '여자에게 잘해 줘야 한다.'는 유사 페미니즘의 사고방식이야. 아니. 아니. 아니야. 여자의 행복은 남자의 자비심보다 더 훌륭한 것을 바탕으로 해서도 틀림없이 얻을 수 있어.

유사 페미니즘은 '허락'이라는 표현을 사용해. 테리사 메이는 영국의 수상이야. 그런데 영국의 한 진보 신문은 그녀의 남편을 이렇게 묘사했어. "정치계에서 필립 메이는 뒷자리로 물러나 아내 테리사가 빛을 발하도록 허락한 사내로 알려져 있다."

허락했다.

이제 반대로 뒤집어 보자. 테리사 메이가 남편이 빛을 발하도록 허락했다. 말이 되는 문장 같아? 만약 필립 메이가 수상이었다면 아내가 보이지 않는 곳에서 '도왔다.'든가 그의 '뒤에' 있었다든가 '그의 곁을 지켰다.'는 얘기는 나왔을지 몰라도 그녀가 남편이 빚을 발하도록 '허락했다.'는 말은 절대 나오지 않았을 거야.

허락은 아주 문제 있는 단어야. 권력과 관련돼 있거든. 유사 페미니즘 협회 나이지리아 지부의 회원들은 곧잘 이렇게 말할 거야. "여자가 하고 싶은 대로 하게 내버려 둬. 남편이 허락한다면 말이야."

남편은 교장 선생님이 아니야. 아내는 학생이 아니고. (일방적인) 승낙과 허락은 — 일방적이지 않은 경우가 거의 없지만 — 동등한 결혼에서는 절대로 사용되어서는 안 되는 말이야.

유사 페미니즘의 또 다른 끔찍한 예. "물론 아내가 항상 집안일을 해야 하는 건 아니지. 아내가 여행 가고 없을 때는 나도 하거든."이라고 말하는 남자들.

몇 년 전 어떤 남자가 나에 대해 쓴 형편없는 글을 읽고 우리가 배꼽이 빠져라 웃어 댔던 거 기억나니? 그 필자는 내가 '화나 있다.'고 비난했어. 마치 '화나 있다.'는 게 부끄러워해야 할 일이기라도 한 것처럼. 물론 나는 화가 나 있어. 인종차별에 화나 있고, 성차별에 화나 있지. 그런데 최근에 내가 인종차별보다 성차별에 더 많이 화가 나 있다는 사실을 깨닫게 됐어.

왜냐하면 성차별에 대해 화를 낼 때 외롭다고 느끼는 경우가 많기 때문이야. 내 주위의, 내가 사랑하는 많은 사람들이 인종 불평등은 쉽게 알아채면서 성 불평등은 알아차리지 못하기 때문이야.

내가 좋아하는 사람들 — 남녀 불문하고 — 이 나한테 성차별이 존재한다는 것을 입증해 보라고, '증명'해 보라고 하는 일이 얼마나 잦은지 몰라. 인종차별에 대해서는 절대 그런 말을 하지 않으면서 말이야.(물론 더 넓은 세상에서는 아직도 인종차별을 '증명'하라는 소리를 듣는 경우가 너무나 많지만 나의 좁은 인맥 안에서는 안 그렇거든.) 내가 좋아하는 사람들이 성차별적인 상황을 일축하거나 축소하는 일도 얼마나 많은지 몰라.

일례로 우리의 친구인 이켕가는 여성 혐오 때문에 일어나는 일이 존재한다는 사실을 늘 재빨리 부정하고, 관련 현안에 귀 기울이거나 적극적으로 개입하는 데 전혀 관심이 없으며, 항상 실질적 특권계층은 여성이라고 말하는 데 열심이지. 그는 이렇게 말했어. "명목상으로는 아버지가 우리 집의 결정권자이지만 막후에서 실질적인 결정권을 가진 건 어머니야." 그는 자기가 성차별을 반증하고 있다고 생각했지만 사실은 내 주장을 입증해 주고 있었어. 왜 '막후에서'여야만 하지? 여자가 권력을 가지고 있을 때 왜 우리는 여자가 권력을 가졌다는 사실을 숨겨야 할까?

슬픈 진실은 이거야. 이 세상은 힘 있는 여자를 싫어하는 남자들과 여자들로 가득 차 있어. 우리는 권력을 남성적인 것으로 생각하도록 훈련받았기 때문에 힘 있는 여자를 일탈이라고 생각하지. 그래서 검열하는 거야. 우리는 힘 있는 여자의 이런 점을 알고 싶어 해. 그녀는 겸손한가? 미소를 잘 짓는 가? 충분히 감사하는가? 가정적인가? 힘 있는 남자에 대해서 는 갖지 않는 의문들이지. 이 사실은 우리가 불편함을 느끼는 대상이 권력이 아니라 여자임을 보여 주고 있어. 우리는 힘 있는 남자를 심사할 때보다 힘 있는 여자를 심사할 때 훨씬 더 가혹해. 그리고 유사 페미니즘이 이것을 가능케 하지.

다섯 번째
제안

독서를 가르칠 것.

치잘룸이 책을 사랑하도록 가르쳐. 가장 좋은 방법은 본을 보이는 거야. 네가 책 읽는 모습을 아이가 본다면 독서가 가치 있는 일이라는 걸 알게 될 거야. 설사 치잘룸이 학교를 다니지 않고 책만 읽는다 하더라도 단언컨대 제도권 교육을 받은 아이보다 훨씬 더 박식할 거야. 책은 아이가 세상을 이해하고 세상에 의문을 품도록, 자기표현을 하도록, 자기가 되고 싶은 게 무엇이든 그 꿈을 이루도록 도와줄 거야. 요리사든, 과학자든, 가수든 독서를 통해 배우는 기술은 누구에게나 도움이 돼. 교과서를 말하는 게 아니야. 학교와 전혀 관계없는 책, 자서전, 소설책, 역사책을 말하는 거야. 혹시 다른 모든 방법이 실패한다면 책을 읽을 때마다 돈을 줘. 상을 주는 거지. 내가 아는 사람 중에 앤절라라고, 홀몸으로 미국에서 자식을 키운 대단한 나이지리아 여자가 있는데, 딸애가 책 읽는 걸 좋아하지 않길래 한 쪽 읽을 때마다 5센트씩 주기로 했대. 나중에 농담하길, 참 값비싼 노력이었지만 그만한 가치가 있는 투자였다더라.

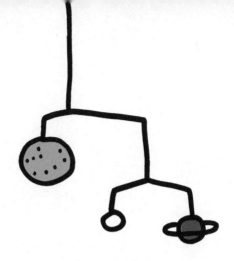

여섯 번째
제안

흔히 쓰이는 표현에
의구심을 갖도록 가르칠 것.

언어는 우리의 편견, 믿음, 추측의 저장고야. 하지만 아이한테 그 점을 가르치려면 너부터 네가 쓰는 말에 의구심을 가져야 해. 내 친구는 자기 딸을 절대로 '공주님'이라고 부르지 않겠대. 사람들은 좋은 뜻으로 이 말을 사용하지만 '공주님'에는 여자의 연약함이라든가 그녀를 구하러 올 왕자님 등에 관한 여러 가지 단정이 담겨 있어. 그 친구는 '천사'나 '별님'을 선호한다더라고.

그러니까 네가 아이한테 쓰지 않을 표현들을 정해. 네가 아이한테 하는 말은 중요하니까. 치잘룸이 가치 있게 생각해야 할 것이 무엇인지 가르쳐 주거든. 어린애처럼 구는 여자애들을 놀릴 때 쓰는 이보족 속담 너도 알지? "뭐 하는 거야? 네가 이젠 남편감을 구해도 되는 나이인 거 모르니?" 나도 이 말을 자주 했었어. 하지만 이제는 안 하기로 했어. 그 대신 '직장을 구해도 되는 나이'라고 해. 여자애들에게 결혼을 열망하라고 가르쳐서는 안 된다고 생각하기 때문이야.

'여성 혐오'나 '가부장제' 같은 말을 치잘룸 앞에서 너무 자주 쓰지 않도록 해. 우리 페미니스트들은 때때로 용어를 남발하곤 하는데, 용어는 너무 추상적으로 느껴질 수 있거든. 뭔가에 여성 혐오라는 꼬리표만 붙이지 말고 그것이 왜 여성 혐오인지를 치잘룸에게 설명해 주고 어떻게 고쳐야 하는지를 말해 줘.

여자들의 ○○을 비판하면서 남자들의 ○○은 비판하지 않는다면 ○○이 문제인 것이 아니라 여자라는 점이 문제인 거라고 가르쳐. ○○에는 분노, 야망, 시끄러움, 완고함, 냉정함, 무자비함 같은 단어들을 집어넣어 줘.

그리고 이런 질문들을 하라고 가르쳐. 여자가 여자이기 때문에 할 수 없는 일이 무엇인가? 그 일이 우리 문화권에서 권위 있는 일인가? 만약 그렇다면 왜 남자만 문화적 권위가 있는 일을 하도록 허락되는가?

내 생각에는 일상적인 예를 드는 것이 유용할 듯해.

라고스에서 봤던 텔레비전 광고 기억나니? 남자가 요리를 하고 아내는 박수를 치는? 진정한 진보란 그녀가 남편에게 박수를 치는 대신 음식에 대해서만 반응할 때일 거야. 그녀는 음식을 칭찬할 수도 있고 칭찬하지 않을 수도 있어. 남자가 그녀의 음식을 칭찬할 수도 있고 칭찬하지 않을 수도 있는 것처럼. 여기서 성차별적인 부분은 그녀가 남편이 요리라는 행위를 맡았다는 사실을 칭찬하고 있다는 거야. 요리가 본질적으로 여성의 일임을 암시하는 거지.

신문에 '정비공 아가씨'로 소개되었던 라고스의 정비공 기억나니? 치잘룸에게 그 여자는 정비공이지 '정비공 아가씨'가 아니라고 가르쳐.

치잘룸에게, 라고스에서 네 차를 들이받은 남자가 차에서 내려서 자기는 '여자를 상대할 수 없으니까' 가서 네 남편을 데려오라고 말하는 것이 얼마나 잘못됐는지를 지적해 줘.

그 애한테 일반적인 설명만 하지 말고 구체적인 예를 들면서 여성 혐오는 공공연할 수도 있고 교묘할 수도 있지만 양쪽 다 끔찍하다는 걸 보여 줘.

치잘룸이 이런 남자들에게 의구심을 갖도록 가르쳐. 여성이 자신과 동등한 인간이라고 생각할 때가 아니라 자기 가족이라고 생각할 때만 공감할 수 있는 남자들. 강간에 대해 얘기할 때 매번 '내 딸이나 아내나 여동생이었다면' 같은 말을 하는 남자들. 이런 남자들이 피해자가 남성일 경우에는 굳이 자신의 형이나 아들이라고 상상하지 않아도 공감을 잘하지. 그리고 여성을 특별한 종(種)으로 보는 시각에도 의구심을 갖도록 가르쳐. 미국의 한 정치인은 자신이 여성들을 지지한다는 것을 보여 주기 위해 이렇게 말했어. 여성들을 '숭배'하고 '옹호'해야 한다고. 문제는 이것이 너무나 일반적인 정서라는 것이겠지.

치잘룸에게 여성들은 사실 옹호나 숭배가 필요하지 않다고 말해 줘. 그저 동등한 인간으로 대우받기만 하면 돼. 여자는 여자니까 '옹호와 숭배'를 필요로 한다는 생각 밑에는 겉으로만 위하는 척하는 태도가 숨겨져 있어. 이런 얘기를 들으면 기사도가 생각나는데, 기사도의 전제는 여성의 유약함이야.

일곱 번째
제안

결혼을 업적처럼
이야기하지 말 것.

결혼은 업적도 아니고 치잘룸이 열망해야 하는 것도 아님을 확실하게 가르쳐 줄 수 있는 방법을 찾아. 결혼은 행복할 수도 있고 불행할 수도 있지만 업적은 절대 아니야.

우리는 여자애들에게 결혼을 열망하도록 가르치지만 남자애들에게는 결혼을 열망하도록 가르치지 않아. 그러니 시작부터 이미 끔찍한 불균형이 존재하는 거지. 여자애들은 자라서 결혼에 집착하는 여자가 되고, 남자애들은 자라서 결혼에 집착하지 않는 남자가 돼. 이 여자들이 이 남자들과 결혼을 하지. 이 관계는 자동적으로 불평등할 수밖에 없어. 결혼이라는 제도가 둘 중 한 사람한테만 훨씬 더 중요하니까. 그래서 수많은 결혼에서 여자들이 불공평한 거래를 계속할 수밖에 없기 때문에 더 많이 희생하고 모든 손해를 끌어안는다는 사실이 조금도 놀랍지 않은 거지. 이러한 불균형의 결과 중 하나가 아주 볼썽사나우면서도 아주 익숙한 현상인데, 바로 두 여자가 한 남자를 놓고 공공연하게 싸움을 벌이는 동안 남자는 가만있는 거야.

힐러리 클린턴이 미국 대선 후보였을 때 그녀의 트위터 계정 프로필의 첫 단어는 '아내'였어. 하지만 그녀의 남편 빌 클린턴의 트위터 계정 프로필의 첫 단어는 '남편'이 아니라 '설립자'지.(이것 때문에 나는 프로필 첫 단어로 '남편'을 사용하는 극소수의 남자들에게 지나친 존경심을 가지고 있어.) 이상하게도 그녀가 이처럼 자신을 아내로 정의하는 반면 그는 자신을 남편으로 정의하지 않는 것은 유별나 보이지 않아. 이게 정상적으로 보이는 이유는 너무나 흔한 일이기 때문이지. 우리가 사는 세상은 여전히 아내와 엄마라는 여자의 역할에 다른 무엇보다도 큰 가치를 부여하고 있어.

힐러리는 1975년에 빌 클린턴과 결혼한 후에도 성을 바꾸지 않고 힐러리 로댐이라는 이름을 사용했어. 하지만 나중에는 자기 이름 뒤에 남편의 성인 클린턴을 붙이기 시작했고 그로부터 얼마 뒤에는 정치적 압력 때문에 로댐을 버리고 말았지. 빌 클린턴의 아내가 성을 바꾸지 않았다는 사실에 화가 난 유권자들의 표를 잃을까 봐 우려했기 때문이야.

이 이야기를 듣고 나는 미국의 유권자들이 확실히 결혼과 관련해서는 시대착오적인 요구를 여자들에게 하고 있다고 생각한 동시에 내 이름과 관련해서 내가 겪었던 일이 떠올랐어.

어느 기자가 내가 결혼했다는 사실을 알고는 독단적으로 나한테 새 이름 ― 미시즈 ○○(남편의 성) ― 을 지어 주기로 결심한 걸 보고 내가 그건 내 이름이 아니니까 쓰지 말라고 부탁했던 거 기억나니? 나는 이 사건에 대해 몇몇 나이지리아 여자들이 보여 준 강렬한 적개심을 절대 잊지 못할 거야. 일반적으로 (남자들보다) 여자들이 더 강한 적개심을 보였고 그중 다수가 마치 나를 입 다물게 하려는 듯이 내 이름이 아닌 이름으로 부르길 고집했다는 게 흥미로워.

왜 그럴까 궁리해 봤는데 아마 그들 대부분이 내 선택을, 자신들이 사회규범이라고 생각하는 것에 대한 도전으로 받아들인 것 같아.

심지어 내 친구들 중에도 "너는 성공했으니까 성을 바꾸지 않아도 돼." 같은 말을 하는 애들이 있었어. 난 의아했지. 왜 여자가 자신의 성을 바꾸지 않는 것을 정당화하는 데 직업적 성공이 필요한 걸까?

사실 나는 성공했기 때문에 성을 바꾸지 않았던 게 아니야. 내 책이 출판되고 널리 읽히는 행운을 누리지 못했더라도 나는 성을 바꾸지 않았을 거야. 나는 그것이 내 성이기 때문에 바꾸지 않았고, 내 성을 좋아하기 때문에 바꾸지 않았어.

이렇게 말하는 사람들도 있어. "네 성도 아버지의 성이니까 가부장제의 산물이야." 맞는 말이야. 하지만 요점은 아주 간단해. 내 성이 아버지에게서 왔건 달에서 왔건, 내가 태어날 때부터 가졌던 성이자 내 인생의 이정표들을 거칠 때 함께했던 성이자 은수카에서 처음 유치원에 갔던 날 안개 낀 아침에 선생님이 "자기 이름을 들으면 '네.'라고 대답하세요. 1번 아디치에!"라고 말씀하셨을 때부터 누가 부르면 대답해 온 성이라는 거야.

그리고 그보다 더 중요한 건, 모든 여자들에게 자기 성을 바꾸지 않을 권리가 있어야 한다는 거지. 하지만 현실에서는 관습에 따르라는 어마어마한 사회적 압력이 존재해. 물론 남편 성으로 기꺼이 바꾸고 싶어 하는 여자들도 있지만 원치 않는데도 거기에 소모되는 에너지 ─ 정신적, 감정적, 심지어 육체적 ─ 가 너무 많아서 포기하는 여자들도 있어. 결혼했다고 해서 기꺼이 자기 성을 바꿀 남자가 몇이나 된다고 생각하니?

나는 '미시즈'라는 호칭을 싫어해. 나이지리아 사회가 그것에 너무 큰 가치를 부여하기 때문이야. 나는 마치 미시즈가 아닌 사람은 일종의 실패자인 양, 큰 소리로 자랑스럽게 '미시즈'라는 호칭을 외치는 남녀를 너무 많이 봐 왔어. 미시즈도 하나의 선택이 될 수는 있지만 거기에, 우리 문화가 그러듯이, 너무 큰 가치를 부여하는 것은 문제가 있어. 우리가 미시즈에 부여하는 가치는 결혼이 여자의 사회적 지위는 바꾸지만 남자의 사회적 지위는 바꾸지 않음을 의미해. (그래서 많은 여자들이 유부남들이 독신 '행세'를 하고 다닌다고 불평하는 걸까? 만약 우리 사회가 유부남들로 하여금 성을 바꾸고 미스터가 아닌 새로운 호칭을 쓰게 한다면 그들의 행동거지도 바뀌지 않을까? 하!) 하지만 더 심각한 것은 만약 네가, 스물여덟 살의 석사 학위 소지자인 네가, 하룻밤 새에 이제아윌레 에제에서 미시즈 이제아윌레 우데그부남으로 바뀐다면, 분명 거기에는 여권과 신분증을 다 바꾸는 데 드는 정신적 에너지뿐만 아니라 심리적 변화도 따를 거라는 점이야. '환골탈태'라고 부르면 되려나? 이 '환골탈태'를 남자들도 겪어야 한다면 그다지 문제가 되지 않겠지만.

나는 미시즈보다는 미즈가 좋아. 미스터와 비슷하니까. 남자는 결혼을 했건 안 했건 미스터이고, 여자는 결혼을 했건 안 했건 미즈야. 그러니까 치잘룸에게, 정말로 공정한 사회에서는 남자가 결혼 때문에 바꾸지 않아도 되는 것은 여자도 바꿀 필요가 없다고 가르쳐. 여기 훌륭한 해결책이 있어. 결혼하는 커플은 누구나 완전히 새로운 성으로 바꿔야 하는 거야. 두 사람이 동의하기만 한다면 어떤 성을 택하든 상관없어. 그

래서 결혼식 다음 날 남편과 아내가 손잡고 즐겁게 시청으로
가서 여권, 운전면허증, 서명, 이니셜, 은행 계좌 등등을 바꾸
는 거지.

여덟 번째
제안

호감형 되기를
거부하도록 가르칠 것.

아이가 해야 할 일은 호감 가는 사람이 되는 것이 아니라 충만한 사람, 다른 사람들도 자신과 동등한 인간이라는 사실을 아는 정직한 사람이 되는 거야. '사람들'이 내가 하고 싶은 말이나 일을 '좋아하지' 않을 거라고 치오마가 몇 번씩 말할 때마다 내가 얼마나 화가 났는지 너한테 말했던 거 잊지 마. 나는 늘 치오마에게서 '사람들'이라고 불리는 불특정한 실체를 만족시키기 위해 나를 어떤 틀에 맞게 바꾸라는 무언의 압력을 느꼈어. 내가 화가 났던 이유는, 사람은 누구나 진정한 자신이 되라는 격려를 가까운 이들에게서 바라는 법인데 그 기대가 배반당했기 때문이었어.

네 딸에게는 절대 이런 부담을 주지 마. 우리는 여자애들에게 호감형이 되라고, 착한 애가 되라고, 속마음을 숨기라고 가르쳐. 남자애들에게는 그렇게 가르치지 않지. 이건 위험해. 많은 성범죄자들이 이 점을 악용해 왔어. 많은 여자애들이 성폭력을 당했을 때에도 착한 애가 되고 싶어서 침묵을 지켜. 많은 여자애들이 자신을 해치는 사람들에게 '친절하게' 굴기 위해 애쓰느라 너무 많은 시간을 낭비해. 많은 여자애들이 자신을 괴롭히는 사람들의 '기분'을 배려해. 이것이 호감형 추구의 끔찍한 결과야. 우리가 사는 세상은 숨도 마음껏 내쉬지 못하는 여자들로 가득해. 그들이 너무나 오랫동안, 남들에게 호감을 사기 위해 정해진 모양에 자신을 욱여넣으라고 배워왔기 때문이야.

그러니까 치잘룸에게 남들의 호감을 사는 사람이 되라고 가르치는 대신 정직한 사람이 되라고 가르쳐. 그리고 친절한

사람이 되라고.

용감한 사람이 되라고 가르쳐. 자기 의견을 말하도록, 진짜 생각을 말하도록, 정직하게 말하도록 격려해 줘. 그리고 아이가 그렇게 했을 때는 칭찬해 줘. 특히 아이의 솔직한 입장이 하필 곤란하고 인기 없는 의견임에도 그것을 드러냈을 때 더 많이 칭찬해 줘. 그리고 친절이 중요하다고 말해 줘. 아이가 다른 사람을 친절하게 대했을 때 칭찬해 줘. 하지만 다른 사람들이 그 애의 친절을 당연하게 여겨서는 안 된다고 가르쳐. 너 역시 다른 사람들의 친절을 받을 자격이 있다고 말해 줘. 자기 것에 대한 권리를 당당히 주장하도록 가르쳐. 다른 아이가 허락 없이 그 애의 장난감을 가져가면 다시 찾아오라고 해. 왜냐하면 네가 동의했느냐가 중요하니까. 너를 불편하게 만드는 게 하나라도 있다면 소리 내어 말하라고, 외치라고 가르쳐.

모든 사람의 호감을 살 필요는 없다는 걸 치잘룸한테 보여 줘. 누군가가 너를 좋아하지 않아도 너를 좋아하는 다른 사람이 나타날 거라고 말해 줘. 네가 남들이 좋아하거나 싫어할 수 있는 대상일 뿐만 아니라 남들을 좋아하거나 싫어할 수 있는 주체이기도 하다는 사실을 가르쳐 줘. 치잘룸이 10대가 되었을 때 자기를 좋아하지 않는 남자애들 때문에 울면서 집에 오면 그 애도 그 남자애들을 좋아하지 않는 것을 선택할 수 있다는 걸 알게 해 줘. 그래, 힘들겠지. 나도 알아. 안 그래도 방금 중등학교 때 짝사랑했던 은남디를 떠올린 참이거든.

하지만 그래도 누군가가 나에게 이 얘기를 해 줬더라면 좋았을 거라고 생각해.

아홉 번째
제안

민족적 정체성을 가르칠 것.

이건 중요하니까 신중하게 접근해. 치잘룸이 자신을, 다른 무엇보다도, 자랑스러운 이보족 여자로 생각하면서 자라게 해. 하지만 선택적으로 가르쳐야 해. 이보족 문화의 아름다운 부분은 받아들이되 그렇지 않은 부분은 거부하라고 가르쳐. 너는 다양한 상황에서 다양한 방법으로 이렇게 말할 수 있어. "이보족 문화는 공동체와 합의와 근면을 중시한다는 점에서 훌륭하고 그 언어와 속담은 아름다울 뿐만 아니라 위대한 지혜로 가득하단다. 하지만 이보족 문화에서 여자가 여자이기 때문에 어떤 일들을 해서는 안 된다고 가르치는 것은 잘못된 거야. 또 이보족 문화는 물질주의를 조금 지나치게 강조해. 돈이 중요하긴 하지만 — 돈은 자립을 의미하니까 — 너는 돈이 있느냐 없느냐에 따라 사람의 가치를 판단하면 안 돼."

그리고 아프리카인들과 흑인들의 늙지 않는 아름다움과 강인함을 보여 주는 데 있어서도 신중해야 해. 왜냐고? 세계 권력의 역학 때문에 치잘룸은 백인의 아름다움, 백인의 능력, 백인의 업적과 관련된 이미지를 보면서 자랄 테니까. 그 애가 어느 나라에 살든 상관없이 말이야. 그것은 그 애가 보는 텔레비전 프로그램에, 소비하는 대중문화에, 읽는 책에 나올 거야. 그리고 치잘룸은 아마 흑인들과 아프리카인들에 대한 부정적인 이미지를 많이 보면서 자라겠지.

그 애가 아프리카인의 역사와 흑인 디아스포라[2]를 자랑

---

2   고국을 떠나 세계 각지에 뿔뿔이 흩어져 사는 것 또는 흩어져 사는 사람들.

스러워하도록 가르쳐. 그리고 역사 속의 흑인 영웅들을 남녀 모두 찾도록 해. 분명히 존재하니까. 너는 치잘룸이 학교에서 배운 것들을 반박해야 할 거야. 나이지리아 교과과정에는 아이들이 자신들의 역사에 긍지를 갖도록 가르쳐야 한다는 생각이 별로 담겨 있지 않거든. 그러니까 치잘룸의 선생님들이 수학, 과학, 미술, 음악은 환상적으로 잘 가르치겠지만 긍지를 가르치는 것만은 네가 직접 해야 할 거야.

아이한테 특권과 불평등에 대해 가르치고, 너를 해칠 생각이 없는 모든 사람을 존중하는 것이 중요하다고 가르쳐. 가사 도우미도 너와 같은 사람이라고 가르치고, 운전사에게 항상 인사하라고 가르쳐. 그리고 이런 규칙들을 그 애의 정체성과 연결 지어. 예를 들면 이렇게 말하는 거야. "우리 집안에서 어린애는 자기보다 나이 많은 사람을 보면 그 사람이 어떤 직업을 가졌건 간에 인사해야 한다."

아이한테 이보어 별명을 지어 줘. 내가 어렸을 때 글래디스 이모는 나를 아다 오보도 디케라고 부르셨어. 나는 늘 그 별명이 좋았어. 우리 마을 에지아바가 '전사들의 땅'으로 유명하니까 '전사들의 땅의 딸'이라 불리는 것은 아주 신나는 일이었지.

열 번째
제안

아이의 일,
특히 외모와 관련된 일에
신중해질 것.

아이가 스포츠에 참여하도록 격려해. 활동적이 되라고 가르쳐. 아이와 함께 산책, 수영, 달리기, 테니스, 축구, 탁구, 모든 종류의 운동을 해. 어떤 종류든 상관없어. 이건 건강에 이로울 뿐만 아니라 세상이 여자애들에게 강요하는 신체상[3]과 관련된 불안에도 도움이 되기 때문에 중요하다고 생각해. 치잘룸에게, 활동적으로 생활하는 데 큰 가치가 있음을 알려 줘. 여러 연구에 따르면 여자애들은 사춘기에 들어서면서 대부분 운동을 그만둔다고 해. 놀랍지 않은 일이지. 가슴이 발달하는 것과 타인의 시선을 의식하게 되는 것이 운동에 장애물이 될 수 있으니까. 나도 가슴이 나오기 시작했을 때 축구를 그만뒀어. 가슴을 숨기고만 싶었기 때문에 뛰어다니거나 태클하는 건 도움이 안 됐거든. 치잘룸에게는 그것이 장애물이 되지 않게 해.

아이가 화장을 좋아하면 화장하게 해. 패션에 관심이 많으면 옷을 차려입게 해. 하지만 둘 중 어느 쪽에도 관심이 없으면 또 그런 대로 내버려 둬. 아이를 페미니스트로 키우기 위해서는 여성성을 거부하도록 강요해야 한다고 생각하지 마. 페미니즘과 여성성은 상호 배타적이지 않아. 상호 배타적이라고 주장하는 것이야말로 여성 혐오적인 생각이야. 유감스럽게도 여자들은 패션이나 화장처럼 전통적으로 여성적이라 여겨지는 것들을 추구할 때 수치심을 느끼고 미안해하라고 배워 왔어. 하지만 우리 사회는 남자들이 일반적으로 남성적이라 여겨지는 것들—스포츠카를 몰거나 특정 종목의 운

---

3   자기 자신의 신체에 대한 이미지.

동 선수가 되는 것 — 을 추구할 때 수치심을 느끼라고 강요하지 않아. 마찬가지로 남자의 멋 부리기는 여자의 멋 부리기가 받는 의심스러운 눈길을 절대 받지 않지. 잘 차려입은 남자는 자신이 잘 차려입었다는 이유로 사람들이 그의 지능, 능력, 진지함에 대해 어떤 단정을 내릴까 봐 걱정하지 않아. 반면 여자는 밝은색 립스틱이나 신경 써서 골라 입은 옷만으로도 다른 사람들이 그녀를 천박한 여자라고 단정할 수 있음을 늘 잘 알고 있지.

절대로 아이의 외모와 도덕성을 연결 짓지 마. 짧은 치마가 '부도덕하다.'는 말은 절대 하지 마. 옷 입기는 도덕성의 문제가 아니라 취향과 매력의 문제라고 가르쳐. 너랑 치잘룸이 그 애가 입고 싶어 하는 옷에 대해 의견이 충돌했을 때 너희 엄마가 그러셨듯이 '창녀 같아 보인다.'는 것 같은 말은 절대 하지 마. 그 대신 "그 옷은 저 옷만큼 너한테 잘 어울리지 않아." 또는 "저 옷만큼 잘 맞지 않아." 또는 "저 옷만큼 매력적이지 않아." 또는 그냥 "안 예뻐."라고 말해. 하지만 절대 '부도덕하다.'는 말은 하지 마. 왜냐하면 옷은 도덕성과 절대적으로 아무런 관련도 없으니까.

머리를 고통과 연결 짓지 않게 해. 어렸을 때를 돌이켜 보면 숱 많고 긴 내 머리를 땋는 동안 얼마나 자주 울었는지가 생각나. 머리를 다 땋을 때까지 얌전히 있으면 상으로 받을 초콜릿 한 봉지가 내 앞에 놓여 있었지. 뭣 때문에 그랬을까? 우리가 어린 시절과 청소년기의 그 수많은 토요일을 머리를 하면서 보내지 않았다면 어땠을지 상상해 봐. 뭘 배웠

을까? 어떤 어른으로 자라났을까? 남자애들은 토요일에 뭘
했을까?

그러니까 치잘룸의 머리에 관해서는, '단정하다.'는 개념
을 재정의하도록 해 봐. 그토록 많은 여자애들이 '머리' 하면
고통을 떠올리는 이유 중 하나는 어른들이 '너무 바짝 당긴',
'두피를 상하게 하는', '두통을 일으키는' 종류의 단정함에 순
응하기로 결심하기 때문이야.

우리가 멈춰야 해. 나는 나이지리아 학교에서 여자애들
이 머리가 '단정'하지 않다는 이유로 엄청나게 괴롭힘 당하는
것을 많이 봤어. 단지 그 애들의 생머리가 관자놀이 근처에서
작게 돌돌 말려 있을 뿐이었는데 말이야. 치잘룸의 머리를 느
슨하게 땋아 줘. 굵게 땋아서 굵직한 콘로로 만들고, 흑인의
머릿결을 고려하지 않고 만든 촘촘한 빗은 쓰지 마.

그리고 그게 네 단정함의 기준이 되게 해. 필요하다면 학
교에 찾아가서 얘기하고. 변화를 만드는 데는 한 사람만으로
도 충분해.

치잘룸은 아주 일찍부터 — 아이들은 직관적이잖니. — 세
상의 주류가 어떤 종류의 미를 높게 평가하는지 알아차릴 거
야. 잡지와 영화와 텔레비전에서 볼 테니까. '백인'스러운 것
이 높게 평가받는다는 걸 알게 되겠지. 사람들이 선호하는
머리는 뽀글뽀글한 머리보다는 일자로 떨어지거나 끝이 안
으로 살짝 말리는 머리, 뻣뻣하게 서는 머리보다는 찰랑찰랑

하게 아래로 떨어지는 머리임을 알게 될 거야. 네가 원하든 원치 않든 치잘룸은 어차피 보게 돼 있어. 그러니까 아이한 테 가르쳐 줄 대안을 꼭 만들도록 해. 날씬한 백인 여자들도 아름답지만 날씬하지 않고 백인이 아닌 여자들도 아름답다는 걸 알게 해 줘. 대단히 좁은, 주류적 미의 기준을 매력적이라고 생각하지 않는 개인이나 문화도 많다는 걸 알게 해 줘. 네가 네 아이를 제일 잘 알 테니 그 애만의 아름다움을 어떻게 옹호해야 하는지, 아이가 거울에 비친 자기 모습을 불만스럽게 보지 않게 하려면 어떻게 해야 하는지 네가 제일 잘 알 거야.

아이가 존경했으면 하는 자질을 가진 여자들, 즉 이모들에게 치잘룸이 둘러싸여 자라게 해. 네가 그들을 얼마나 존경하는지 얘기해 줘. 아이들은 본보기를 따라 하면서 배우니까. 네가 그들의 어떤 점을 존경하는지 얘기해 줘. 예를 들어 나는 특히 아프리카계 미국인 페미니스트 플로린스 케네디[4]를 존경해. 그리고 치잘룸에게 얘기해 주고 싶은 아프리카 여성들로는 아마 아타 아이두,[5] 도라 아쿠닐리,[6] 무토니 리키마

---

4 1916~2000. 미국의 변호사, 인권 운동가. 1971년 페미니스트 당을 창당하여 셜리 치점을 대통령 선거에 출마시켰고 1973년 전미 흑인 페미니스트 기구를 설립하였다. 그 밖에도 여러 흑인 인권 단체의 변호를 맡거나 낙태 합법화를 위한 집단소송을 제기하기도 했다.

5 1942~ . 가나의 소설가, 극작가, 시인, 교수. 1965년 아프리카 여성 최초로 자신의 희곡을 출간했으며 1992년 소설 『변화들』로 영연방 작가상을 수상했다.

6 1954~2014. 나이지리아의 약리학자. 교수직을 그만두고 식품마약관리규제국 국장이 된 후에도 후학 양성에 힘썼으며 신변을 위협당하면서도 가짜 약 근절을 위해 노력했다.

니,[7] 응고지 오콘조이웨알라,[8] 타이워 아자이 라이셋[9]이 있어. 정말 많은 아프리카 여성들이, 그들이 지금껏 이룬 것 또는 거부한 것을 통해, 페미니즘적인 영감의 원천이 되고 있지. 참 대단하고 강인하고 말투가 신랄하셨던 너희 할머니처럼 말이야.

치잘룸이 이모들뿐 아니라 삼촌들에게도 둘러싸이게 해. 추디의 친구들을 봤을 때 이쪽이 더 어렵긴 하겠지만. 나는 아직도 추디의 지난번 생일잔치 때 유난스럽게 다듬은 수염을 하고 고함을 치면서 이 말을 반복하던 사내를 잊을 수 없어. "내가 누구랑 결혼하건 내 마누라가 감히 나한테 이래라저래라 하면 안 되지!"

그러니 고함치지 않는 괜찮은 남자 몇 명을 찾아 줘. 네 오빠 우곰바나 우리 친구 치나쿠에게 같은 남자 말이야. 어차피 치잘룸은 앞으로 살면서 수많은 남자들의 호통을 듣게 될 거야. 그러니까 아주 일찍부터 대안이 있는 게 좋아.

대안의 위력은 과장하려야 할 수가 없어. 치잘룸이 어렸을

---

7 1926~ . 케냐의 작가, 여권 운동가, 방송인, 교사, 배우. 나이로비 시의원이었고 케냐 최초의 홍보 회사를 설립했으며 케냐 방송(KBC) 최초의 여성 프로듀서들 중 한 명이었다.

8 1954~ . 나이지리아의 정치인. 경제학 박사로, 나이지리아 재무부 장관과 세계은행 상무이사를 역임하였으며 현재 투자은행 러자드의 선임 고문이자 세계 백신 면역 연합 이사장이다.

9 1941~ . 나이지리아의 배우, 언론인, 방송인. 1970년대에 창간된 잡지 《아프리카 여성》의 초대 편집장이었다.

때부터 대안에 익숙해져 있다면 '성 역할'이라는 고정관념에 반박할 수 있을 거야. 그 애가 요리를 잘하는 — 잘하면서 유난 떨지도 않는 — 삼촌을 안다면 '요리는 여자가 해야 한다.'고 주장하는 사람의 아둔함을 웃으면서 무시할 수 있을 거야.

열한 번째
제안

우리 문화가 사회규범에 대한 '근거'를 들 때
선택적으로 생물학을 사용하는 것에
의구심을 갖도록 가르칠 것.

내가 아는 요루바족 여자 중에 이보족 남자와 결혼한 사람이 있는데 그녀가 첫아이를 임신해서 아이 이름을 뭘로 할까 고민하게 되었어. 그런데 내가 보니까 전부 이보족 이름뿐인 거야.

아이가 아빠 성을 갖게 될 테니 이름은 요루바족 이름으로 해야 하지 않아? 내가 묻자 그녀는 이렇게 대답했어. "아이는 일단 제 아빠에게 속해. 그럴 수밖에 없어."

우리는 남자들이 가진 특권을 설명할 때 곧잘 생물학을 이용하곤 해. 가장 흔한 이유는 남자들의 신체적 우월함이지. 남자가 대개 여자보다 힘이 센 것은 물론 사실이니까. 하지만 사회규범의 근거가 정말로 생물학이라면 아이는 아빠보다 엄마에게 속한 것으로 봐야지. 왜냐하면 아이가 태어났을 때 생물학적으로 — 이론의 여지 없이 — 확신할 수 있는 부모는 엄마 쪽이잖아. 엄마가 애 아빠라고 말하는 사람이 아빠일 거라고 추측하는 거고. 생물학적 아빠가 아닌 사람을 친아빠로 아는 사람이 전 세계에 몇 명이나 있을지 궁금한데?

많은 이보족 여자들에게 이 규범은 너무 절대적이어서 그들은 자식이 아빠에게만 속한다고 생각해. 내가 아는 여자들 중에는 끔찍한 결혼 생활로부터 도망쳤지만 자식은 아빠에게 속한다는 이유 때문에 아이를 데려가거나 자식 얼굴 보는 것을 '허락'받지 못한 이들도 있어.

또 우리는 남자의 난잡함을 설명하기 위해서는 진화 생물학을 이용하지만 여자의 난잡함을 설명하기 위해서는 이용하지 않아. 하지만 진화론적으로 더 타당한 쪽은 여자가 다수의 남자들과 성관계를 갖는 것이지. 유전자 급원이 크면 클수록 번성할 자손을 낳을 확률이 더 높아지거든.

그러니까 치잘룸에게, 생물학은 흥미롭고 매력적인 학문이지만 사회규범을 정당화하기 위한 근거로는 절대 받아들이지 말아야 한다고 가르쳐. 사회규범은 인간이 만드는 것이고, 결코 바꿀 수 없는 사회규범이란 존재하지 않으니까.

열두 번째
제안

일찍부터
성교육을 할 것.

조금 어색하겠지만 꼭 필요한 일이야.

우리가 초등학교 때 들었던 토론 수업 기억나니? '성교육' 한다고 해서 들어갔는데 '남자애들과 말을 섞으면' 결국 임신해서 수치를 당하게 될 거라는 모호한 반(半)협박만 듣고 나온 수업 말이야. 나는 그 강당, 그 수업을 수치심이 가득한 곳으로 기억해. 추악한 수치심. 여자라는 이유로 느껴야만 하는 특정한 종류의 수치심. 네 딸은 절대로 그런 일을 겪지 않길 빌게.

치잘룸에게는 섹스가 생식만을 위해 이뤄지는 행위인 척하지 마. 혹은 '결혼 후에만 하는' 행위인 척도 하지 마. 그건 솔직하지 못하니까.(너랑 추디는 결혼하기 한참 전부터 섹스를 했고 치잘룸도 열두 살 때쯤엔 아마 그 사실을 알게 될 거야.) 섹스는 아름다울 수 있고, 명백한 물리적 결과(치잘룸이 여자라서 겪게 될!) 외에도 감정적 결과 또한 뒤따를 수 있다고 아이한테 말해 줘. 네 몸은 너의 것, 오직 너만의 것이고 네가 원치 않는 일이나 강요받고 있다고 느껴지는 일은 억지로 수락할 필요가 없다고 말해 줘. 싫다고 하는 것이 옳다고 생각될 때 싫다고 말하는 것은 자랑스러워해야 할 일이라고 가르쳐.

그리고 엄마 생각에는 네가 성인이 될 때까지 기다리는 게 제일 좋을 것 같다고 말해. 하지만 치잘룸이 열여덟 살이 될 때까지 기다리지 않을지도 모르니 마음의 준비는 해 둬. 만약 기다리지 않게 된다면 그 사실을 꼭 너한테 말할 수 있게끔 하는 것도 잊지 말고.

너한테 뭐든 말할 수 있는 딸로 키우고 싶다고 말하는 것으로는 충분치 않아. 너한테 얘기할 때 사용할 언어를 치잘룸에게 줘야 해. 단어나 표현을 가르쳐 줘야 한다는 뜻이야. 애가 그걸 뭐라고 부르게 해야 할까? 어떤 단어를 쓰라고 해야 할까?

내가 어렸을 때 사람들이 '이케'라는 단어를 '항문'과 '질'이라는 두 가지 뜻으로 썼던 게 기억나. '항문'이 뭘 뜻하는지는 쉽게 알았지만 나머지 부분은 전부 모호한 채로 남아 있어서 '질 안이 가렵다.' 같은 말은 뭐라고 표현해야 할지 몰랐어.

대부분의 아동 발달 전문가들은 아이들이 성기를 정식 명칭 ─ 질과 음경 ─ 으로 부르게 하는 것이 가장 좋다고 말해. 나도 동의하지만 그 부분은 네가 결정해야 할 문제야. 치잘룸이 그것을 뭐라고 부르면 좋을지는 네가 결정해야 하지만, 중요한 건 무엇이 됐든 간에 이름이 있어야 하고 그 이름이 사람을 수치심으로 짓누르는 것이어선 안 된다는 거야.

아이가 너에게서 수치심을 물려받지 않게 하기 위해서는 너 자신부터 네가 물려받은 수치심에서 해방되어야 해. 그게 얼마나 엄청나게 힘든 일인지는 나도 알아. 전 세계의 모든 문화에서 여성의 성생활은 수치심과 관련이 있어. 여자들이 성적으로 매력적이길 바라는 문화권 ─ 여러 서양 문화권 같은 ─ 에서조차도 여자들이 활발한 성생활을 하길 바라진 않아.

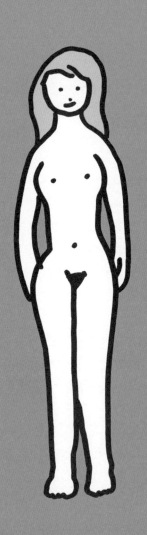

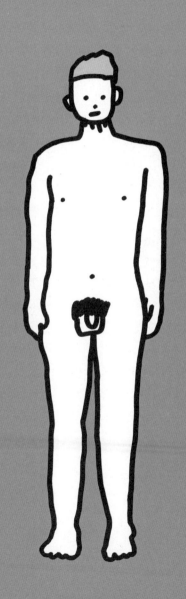

우리가 여성의 성생활에 부여하는 수치심은 통제와 관련 돼 있어. 많은 문화와 종교가 온갖 방법으로 여자의 몸을 통제하지. 여자의 몸을 통제하는 이유가 여자와 관계있다면 이해할 수 있을 거야. 예를 들어 "여자는 짧은 치마를 입어서는 안 된다. 왜냐하면 암에 걸릴 수 있기 때문이다."라면 말이지. 하지만 그 이유는 여자가 아니라 남자와 관련된 거야. 여자들은 남자들을 보호하기 위해 '몸을 가려야' 해. 나는 이것이 대단히 비인간적이라고 생각해. 여자를 남자의 욕구를 조절하기 위해 사용되는 단순한 도구로 격하하기 때문이야.

그리고 수치심에 대해 얘기해 본다면 절대로 성생활과 수치심을 연결 짓지 마. 나체와 수치심도 마찬가지고. '처녀성'은 아예 거론하지도 마. 처녀성에 관한 모든 대화는 결국 수치심에 관한 대화로 이어지니까. 아이가 수치심과 여성 생물학 간의 연결을 거부하도록 가르쳐. 우리는 왜 생리에 대해 낮은 목소리로 얘기하도록 키워진 걸까? 왜 생리혈이 치마에 묻으면 수치심을 느끼도록 키워진 걸까? 생리는 부끄러워해야 하는 것이 아니야. 생리는 정상적이고 자연스러운 것이고, 생리가 없었다면 인류는 존재하지 않았을 거야. 예전에 생리가 똥 같다고 말한 남자가 있었어. 난 이렇게 대꾸했지. 만약 그렇다면 그건 성스러운 똥일 거야. 생리가 없었다면 당신은 존재하지 않았을 테니까.

열세 번째
제안

사랑이 반드시 찾아올 테니
응원해 줄 것.

나는 지금 치잘룸이 이성애자라고 가정하고 이 글을 쓰는 거야. 물론 아닐 수도 있겠지. 하지만 이렇게 가정하는 이유는, 그래야 내가 이 이야기를 하기에 충분한 지식을 가지고 있다고 생각되기 때문이야.

아이의 연애사를 네가 꼭 알고 있도록 해. 그렇게 하기 위한 유일한 방법은 너한테 얘기할 때 사용할 언어 — 섹스에 관한 표현뿐만 아니라 사랑에 관한 표현도 — 를 아주 일찍 아이에게 주는 거야. 네가 치잘룸의 '친구'가 되어야 한다는 뜻이 아니라 아이가 무엇이든 얘기할 수 있는 엄마가 되어야 한다는 뜻이야.

사랑한다는 것은 주기만 하는 것이 아니라 받기도 하는 것이라고 가르쳐. 이게 중요한 이유는 우리가 여자애들한테 삶의 방식에 대한 암묵적인 신호를 보내기 때문이야. 여자애들에게는 다른 사람을 사랑한다는 것이 대부분 자기희생을 할 수 있는가에 달렸다고 가르치지. 남자애들에게는 그렇게 가르치지 않아. 치잘룸한테, 사랑을 하려면 감정적인 면에서는 자기 자신을 아낌없이 줘야 하지만 상대방에게도 그렇게 하라고 요구해야 한다고 가르쳐.

나는 사랑이 인생에서 가장 중요한 것이라고 생각해. 어떤 종류든, 그것을 어떻게 정의하건 간에 일반적으로 사랑이란 다른 사람이 나를 대단히 소중하게 여기고 나도 상대방을 대단히 소중하게 여기는 거라고 생각해. 그런데 우리는 왜 인류의 반에게만 사랑을 소중히 여기라고 가르칠까? 얼마 전에

젊은 여자들로 가득한 방에 앉아 있을 일이 있었는데 대화 주제가 죄 남자 얘기뿐이라 얼마나 놀랐는지 몰라. 남자가 자기한테 끔찍한 짓을 했다는 얘기, 이 남자가 바람 피웠단 얘기, 저 남자가 거짓말했다는 얘기, 이 남자가 결혼을 약속했는데 잠적했다는 얘기, 저 남편이 이런저런 짓을 했다는 얘기.

그리고 나는 깨달았어. 불행히도 반대의 경우는 그렇지 않음을. 한 방 가득 앉은 남자들의 대화가 천편일률적으로 여자 얘기로 끝나지는 않아. 설사 여자 얘기로 끝난다 하더라도 삶에 대한 한탄보다는 경박한 내용일 가능성이 높지. 왜 그럴까?

원인은 이번에도 역시, 어렸을 때부터 받은 사회적인 훈련 때문일 것 같아. 얼마 전 있었던 한 세례식에서 손님들한테 여자 아기를 위한 축원을 적어 내 달라는 부탁을 했어. 한 손님이 이렇게 적었지. "좋은 남편을 맞이하길." 분명 좋은 의도였지만 굉장히 잘못된 거야. 태어난 지 이제 겨우 3개월 된 아기에게 벌써부터 남편을 열망하라고 하다니. 만약 남자 아기였다면 그 손님도 '좋은 아내'를 얻으라고 빌어 줄 생각은 안 들었을 거야.

이제 결혼을 '약속'해 놓고 사라지는 남자들 때문에 한탄하는 여자들 얘기를 해 보자. 오늘날 전 세계 대부분의 사회에서 일반적으로 여자는 청혼할 수 없다는 게 이상하지 않아? 결혼은 한 사람의 인생에서 굉장한 큰일인데도 여자가 주도할 수 없고 전적으로 남자의 청혼에 달려 있어. 그래서 남자 친구랑 오래 사귄 수많은 여자들이 결혼하고 싶은데도

남자가 청혼하기를 기다려야만 하는 거지. 그리고 많은 경우에 이 기다림은, 때로는 무의식적으로 때로는 의식적으로, 자신이 좋은 신붓감임을 증명하기 위한 쇼로 변질되고 말아. 여기에 첫 번째 페미니즘 도구를 적용해 보면, (남자와 똑같이 중요한) 여자가 인생을 송두리째 뒤바꿀 중대사를 다른 사람이 시작해 주길 기다려야 한다는 게 말이 안 된다는 거지.

어느 유사 페미니즘 신봉자는 내게 이런 말을 했어. 우리 사회가 청혼을 남자의 몫으로 규정한다는 점이, 힘이 여자에게 있음을 증명하지 않냐고. 왜냐하면 여자가 승낙을 해야만 결혼이 이뤄질 수 있으니까. 하지만 실제로는, 진짜 실권은 청혼하는 사람에게 있지. 승낙이나 거절을 하기 위해서는 일단 청혼을 받아야 하니까. 나는 진심으로 치잘룸이 사는 세상에서는 남녀 상관없이 누구나 청혼할 수 있고, 연인 사이가 너무나 편안하고 기쁨으로 가득해서 결혼이라는 절차를 시작할까 말까 상의하는 것 자체도 기쁨으로 가득한 대화가 되길 바라.

그리고 돈에 대해서도 한마디 하고 싶어. 치잘룸한테 "내 돈은 내 돈이고 남편 돈은 우리 돈이다." 같은 헛소리는 절대 절대 하지 말라고 가르쳐. 아주 못된 생각이야. 위험하기도 하고. 그런 태도를 취한다면 앞으로 다른 해로운 생각들도 받아들여야 할 것이기 때문이야. 치잘룸한테, 가족을 부양하는 것은 남자의 역할이 '아니'라고 가르쳐. 건강한 관계에서는 어느 쪽이든 부양할 능력이 되는 사람이 부양하는 거야.

열네 번째
제안

억압에 대해 가르칠 때
억압당하는 사람을 성자로
만들지 않도록 조심할 것.

숭고함은 존엄성을 위한 전제 조건이 아니야. 야박하고 부정직한 사람도 인간이기에 존엄성을 가질 자격이 있어. 예를 들어 나이지리아 시골 여자들의 재산권 문제가 요즘 페미니즘계의 주요 화두인데 이 여자들이 재산권을 인정받기 위해 천사처럼 착해야 될 필요는 없다는 거야.

가끔 젠더 담론에서 여자가 남자보다 '더 도덕적'일 거라고 단정하는 것을 볼 때가 있어. 그건 사실이 아니야. 여자도 남자만큼 인간적이라고. 여자가 선량한 게 비정상이 아니듯 여자가 사악한 것도 비정상이 아니라는 거지.

그리고 세상에는 다른 여자들을 좋아하지 않는 여자들도 많아. 여성에 의한 여성 혐오는 실제로 존재하고, 그것을 부정하면 페미니즘을 폄하하려고 하는 안티페미니스트들에게 쓸데없이 기회만 만들어 주게 돼. 이 안티페미니스트들은 "나는 페미니스트가 아니다."라고 말하는 여자들을 기꺼이 예로 들면서 마치 질을 가지고 태어난 사람이 이런 발언을 한다는 사실에 의해 페미니즘이 자동적으로 폄훼되는 것처럼 굴지. 하지만 어떤 여자가 스스로 페미니스트가 아니라고 주장한다고 해서 페미니즘의 필요성이 줄어들지는 않아. 오히려 문제의 심각성, 즉 가부장제가 얼마나 구석구석까지 파고들어 있는지를 보여 줄 뿐이지. 또한 모든 여자가 페미니스트는 아니며 모든 남자가 여성 혐오자는 아니라는 사실도 보여 주고 말이야.

열다섯 번째
제안

차이에 대해 가르칠 것.

차이를 평범한 것으로, 정상적인 것으로 만들어. 아이가 차이에 가치를 부여하지 않도록 가르쳐. 이렇게 하는 이유는 공정하거나 착해지기 위해서가 아니라 단순히 인간적이고 실용적이기 위해서야. 차이가 우리 세계의 현실이기 때문이지. 아이한테 차이에 대해 가르침으로써 치잘룸이 다양성의 세상에서 살아남을 수 있도록 준비시키는 거야.

치잘룸은 사람들이 세상을 살아가는 방법이 다양하고 그 방법이 다른 사람한테 해를 끼치지 않는 이상 존중해야 하는 정당한 방법이라는 사실을 알고 이해해야 해. 아이한테 우리가 인생에 관한 모든 것을 알지는 못한다고 ─ 알 수도 없다고 ─ 가르쳐. 종교에도 과학에도 우리가 알지 못하는 것들을 위한 공간이 있으니 그 정도에서 만족하는 것으로 충분해.

아이에게 자신의 기준이나 경험을 절대 일반화하지 말라고 가르쳐. 그 애의 기준은 자신만을 위한 것이지 다른 사람들을 위한 게 아니라고 가르쳐. 그 애에게 필요한 겸손은 '차이는 정상적인 것이라는 깨달음'뿐이야.

아이에게 어떤 사람들은 동성애자이고 어떤 사람들은 동성애자가 아니라고 가르쳐. 어떤 애는 아빠가 둘이기도 하고 엄마가 둘이기도 해. 그냥 그런 사람들이 있어. 치잘룸에게 어떤 사람들은 모스크에 가고, 어떤 사람들은 교회에 가고, 어떤 사람들은 또 다른 숭배의 장소에 가고, 또 어떤 사람들은 아무것도 숭배하지 않는다고 말해 줘. 그냥 그게 그 사람들이 사는 방식이라고.

네가 아이한테 말해. "너는 야자유를 좋아하지만 어떤 사람들은 야자유를 좋아하지 않아."

아이가 너한테 묻지. "왜?"

네가 아이한테 말해. "나도 몰라. 그냥 세상이 원래 그런 거야."

내가 네 딸을 '비(非)비판적'으로 키우라고 말하는 게 아니라는 걸 알아 줘. 요즘 흔히 쓰이는데 살짝 우려스러운 표현이야. 이 단어 뒤에 깔린 전반적인 느낌은 괜찮지만 '비비판적'이라는 건 쉽게 '그 무엇에 대해서도 아무런 의견도 없다.'나 '나는 내 의견을 속으로만 간직하겠다.'는 의미로 변질될 수 있거든. 그래서 그 대신에 내가 치잘룸에게 바라는 건 이거야. 많은 의견을 가진 아이로 자라나되, 그 의견이 충분한 지식과 인간미와 관대함으로부터 나오길.

치잘룸이 건강하고 행복하길 바라. 그리고 어떤 인생이든 본인이 원하는 대로 살길.

이 긴 글을 다 읽고 나니 머리가 아프니? 미안.
다음번에는 네 딸을 페미니스트로 키우려면
어떻게 해야 하냐고 나한테 묻지 마.

사랑을 담아, 오이 기
치마만다가.

옮긴이
황가한

서울대학교에서 불어불문학과 언론정보학을 전공한 후 출판사에서 편집자로 근무하였으며 이화여자대학교 통역번역대학원에서 한영번역학으로 석사 학위를 받았다. 옮긴 책으로 『아메리카나』, 『울지 마, 아이야』, 『숨통』, 『잃어버린 지평선』, 『밀레니엄, 스티그와 나』 등이 있다.

엄마는
페미니스트

1판 1쇄 펴냄 2017년 8월 18일
1판 16쇄 펴냄 2023년 9월 4일

지은이 치마만다 응고지 아디치에
옮긴이 황가한
발행인 박근섭, 박상준
펴낸곳 (주)민음사

출판등록 1966. 5. 19. 제16-490호
서울시 강남구 도산대로 1길 62(신사동)
강남출판문화센터 5층 (06027)
대표전화 02-515-2000 팩시밀리 02-515-2007
www.minumsa.com

한국어판 ⓒ (주)민음사, 2017. Printed in Seoul, Korea

ISBN 978 89 374 2927 9 04800
ISBN 978 89 374 2900 2 (세트)

* 잘못 만들어진 책은 구입처에서 교환해 드립니다.